청공 김종석 문학전집 3

사랑은 세포를 춤추게 한다

국립중앙도서관 출판예정도서목록(CIP)

사랑은 세포를 춤추게 한다 / 지은이 : 김종석. -- 서울 : 한누리
미디어, 2017
p. ; cm. -- (청공 김종석 문학전집 ; 3)

ISBN 978-89-7969-752-0 04810 : ₩16000
ISBN 978-89-7969-749-0 (세트) 04810

한국 현대시 [韓國現代詩]

811.7-KDC6
895.715-DDC23 CIP2017018685

청공김종석문학전집

사랑은 세포를 춤추게 한다

청공 김종석 문학전집 3

한누리미디어

차례

차례

차례

사랑은
세포를 춤추게 한다

가을, 논두렁길

모세의 기적만 기적이냐
지팡이도 없이 그냥 그저
가을, 논두렁길 걷고 싶어 걸었더니
벼가 좌우로 고개 숙여 맞이하나니
걷다가 엎드려 큰절 삼배 올렸더니
비로소 하늘 가운데 하늘길
바로 여기와 같더라
가장 낮은 곳이 하늘이더라
가을, 논두렁길 모세가 걷던 하늘길이더라

cosmos 운 띄우면

c, 씨
o, 오
s, 예스
m, 모두
o, 오라
s, 예스
화알짝 가이아 여신이 열어보인
지구 자궁 좀 보아요
빨려들어가는데 황홀황홀 빨려들어가는데
빨아들이는 가이아 자궁
아으으 여러분 눈에는 하늘하늘 우주춤
코스모스만 보이시나요
그건 자궁 속으로 씨앗들이 쏟아져 들어갈 때
가이아 몸 떨림으로 하늘하늘 우주춤
일어나는 거예요
일단 자궁 속으로 들어오시어
제 말씀을 직접 경험해 보세요
네?!

국화

벌나비 다 떠나고 서리내린 날
사랑향 풍겨감아
꽃 속으로 한 번 들어와 보라기에
들어가
깊이 들어가
더 깊이 더 깊이 들어갔더니
벙어리 꿀 침묵
삶삶* 서리 맞고
언어란 언어 몽땅 다 잃어버리고
서리 새하아얀
그 꽃
한 송이
숭고한 생명!

*삶삶 : 사람사랑

호박

사람들 내 이름표 붙는 거 싫어해
성형외과들 줄줄이 늘어날 때도
내가 왜 어때서? 때는 가을
축구 운동장보다 넓은 호박 밭에서
불거진 황금덩어리 여러 알들
온목숨 익혀 지극정성 드러내놓곤
땅 하늘 사람에게 바치는 호박아
호박 같은 사람아
누가 나를 이러히 불러줄 이 있는가?
멸시 속 영광 다 돌려주는 꾸밈없는 존재자여
갑자기 호박보다 아름다운 사람 나와보라는데
부끄러워 아직 나서질 못하겠구나

뽕나무의 증언

붓다의 방귀소리는?
픽—
아니다
푸우웅—
아니다
빠앙—
아니다
뽕,
한 때 내게 기대어
좌선 삼매
저절로 나온 소리 지금도 못 잊어
그리워 그리워
절간 향낸 사돈팔촌
코없는 코로만 맡을 수 있어
맡아볼래?
뽕,
어때 향그웃—!
진실로 맡았다면
말로 드러낼 수가 없어
그러니 입 닫고

고요히
앉아
좌선 삼매 속 저절로 한 소리
뽕,
직접 뽕,
이 길 뿐이야

맨발

가이아 여신의 살 밟을 때
발바닥은 느낀다
어느 쪽이 여신의 볼살 젖살 뱃살
엉덩이살 등살 허벅지살
가장 깊은 속곳살인지
발바닥이 모처럼 빨강빨강 달아오른다
원숭이 궁둥이보다 더 붉고
한 송이 장미꽃보다 더 빨강빨가앙
달아오른다
모두모두 신발 다 벗고
맨발의 청춘으로 달아오르자
우리들 삶삶* 멋있는 알키로
우리들 삶삶* 살맛나는 알키로
대~한 청춘 한 번 달아오르자
맨~발 삶삶 한 번 달아오르자
씨앗여신 가이아와 직접 접촉하며
맨~발 삶삶 한 번 달아오르자
달아올라 가슴이 석류처럼 터지게
빨강빨강 씨알들 가이아 자궁에 담아드리고
가이아 허벅지살 흐벅지게 맨발로

건자, 걸을수록
맨~발 청춘 맨~발 만세 만세 부르는
가을은 씨앗사람 여인의 달 살포시
살포시
맨발로 건자 사나이답게~

*삶삷 : 사람사랑
*삷삶 : 사랑사람

쑥부쟁이

전쟁 때 강제징집 당해
입영열차에 탄 숙부, 숙부, 쑥부—
목메이게 부르다가 그 자리에서 죽은
어린 조카가 기찻길 옆에
기차여행하는 나를 부를 때
기적소리 응답하며 달려가는데
기차는 가만히 있고
레일만 숨가쁘게 달리고 있다
온통 웃는 입
웃는 입뿐인 저 꽃 한 번 보세요
만남이 주는 화사한 행복 한 번 누려 보세요

작은 소 참진드기 · 1

내 여인 이랑지가
풀밭에 마주 앉았다 갑자기
작은 소 참진드기에 물렸다 했을 때
난 거짓인지 모르고
그녀 혈소판 열어주려
이랑지 입에 바람 넣다 숨차
죽을 뻰 죽을 뻰한 황홀로 소리쳤다
니가 바로 작은 소 참진드기야—

작은 소 참진드기 · 2

내 여인 이랑지가 몽롱롱
내 가슴 심장소릴 들어주며
'누가 사랑 묻거든 이 심장 가리키세요
죽을 뻔 죽을 뻔해도 여잘 살리는 행동
심장뿐이니까요'
나도 몰래 뭉클 심장이 말했다
'여자는 사실 아닐 때도 늘 진실한 이랑지!'

아리랑 · 1

내 여인 이랑지가
아리랑 불러줄 때
난 잘 듣고
이랑질 또옥또옥 품어 말했다
내가 진짜 알이랑 산다—

아리랑 · 2

내 여인 이랑지가 향긋향긋 신명으로
내 한얼 흐응흐흥 펼치면서
'누가 알 묻거든 춤을 보여주세요
알은 너 나와 있고 없고가 사라지는 춤
이뿐이니까요'
나도 몰래 떨어진 머리가 춤추며 말했다
'여자는 늙을수록 알꾼춤꾼 이랑지!'

명품가방 · 1

내 여인 이랑지가
명품가방 조를 때
난 안 사 주고
이랑질 통째로 가슴 속에 넣고 속삭였다
이 몸 들고 살면 널 들고 사는 거다—

명품가방 · 2

내 여인 이랑지가 풀어 헤친 내 가슴
녹두콩알 같은 마른 젖꼭질 만지작만지작
'누가 명품가방 묻거든 이 젖꼭질 보여주세요
엉뚱하게도 철철 나오지만 보이잖는 젖
남자 가슴뿐이니까요'
나도 몰래 벌렁 가슴이 말했다
'여자는 나이 익을수록 싱그런 말향 이랑지!'

명품옷 · 1

내 여인 이랑지가
명품옷 구할 때
난 구하잖고
이랑질 사알살 벗기며 속살 속살거렸다
내 온 피부가 진짜 명품옷이야—

명품옷 · 2

내 여인 이랑지가 웃음 함박
내 살결 부드러이 어루만지며
'누가 명품옷 묻거든 함부로 벗기지 마세요
아토피 여자일 땐 질색할 수 있으니
함부로 벗기지 마세요'
나도 함께 하하하 온몸이 말했다
'여자는 나이 들수록 예쁜 질투 이랑지!'

명품술 · 1

내 여인 이랑지가
명품술 찾을 때
난 안 찾고
이랑지 영혼 벌컥벌컥 마시며 소곤소곤
니가 정말 명품술이다—

명품술 · 2

내 여인 이랑지 깊고 맑게 취한 채
내 영혼 자꾸 즈려 마시며
'누가 명품술 묻거든 영혼을 여세요
진실로 사랑 자체일 땐 영혼 속
술 뿐이니까요'
나도 몰래 화아— 영혼이 말했다
'여자는 나이 익을수록 진짜 술꾼 이랑지!'

기도 가운데 기도

얼마나 거룩하지 않은 거룩함인가 기도 그 자체 아닌 게 없으니

사랑 가운데 사랑

얼마나 가난했으면 단어조차 없어 랑사데운가랑사

침묵 가운데 침묵

얼마나 갈구했으면 입이 다 뭉개지고
얼마나 갈구 안 했으면 입이 완전히 사라졌는가

예수 가운데 예수

두드림 청함… 일러주실 땐 이미 말없음이시고
침묵 보이실 땐 벌써 몸 푼 말씀천지
늘 조화로운 부활

부처 가운데 부처

부처? 벌써 천만 길 그르쳤구나
바로 지우겠다고? 헛되고 헛되니
가서 지켜보는 놈이나 지켜보며 푹 자거라
십우도 열한 번째에 열리는 새세상 새소식 알게 되리라

마리아 가운데 마리아

지금 여기 절대순수의식의 순명삶 우리 어머니

풀꽃

얼마나 짓밟히고 잘려 왔던가
그럴수록 끈질기게 되살아나
낫 베는 풀꽃 보고
낫 갈다 누가 소스라치게 놀라고 있다

참새

너보다 크거나 작으면 가짜새인가
배고프면 생계형 도둑이 되는 거처럼
우리도 고파서 방앗간 그냥 못지난다는
솔직한 생명체
참말로 참새가 참새다운데
누가 째째히 훔쳐먹고 짹짹거린다 하는가
그런 말 하는 넌 참새만큼
투명한 자연삶 살고 있는가
오히려 높은 도둑들이 공권력으로
참새만 잡아넣고 떵떵 버젓이 살고 있지 않는가

비둘기

머리 위 성령처럼이 아니고 성령 자체로 오르고 내리고
지금도

까치

우리우리 설날보다 먼저 손님맞이 알림꾼 우체국

까마귀

공중 흑삼이라며 겨냥한 권력 같은 총구
손가락 하나가 애인의 뜨거운 곳 들어가듯
음핵 같은 방아쇠 애무할 때
인간을 떠나가라 어서 후여어—

자꾸 까마귀

눈에 다 보이는
발 하나 더 달고 나오지 후여어—
햇빛 속으로 떠나가라 후여어—
어서 인간을 떠나가라 후여어—

자꾸 자꾸 까마귀

에미 애빌 가장 잘 섬김새를
흑삼으로만 보니까
까아악 까아악 한 마리가
인간 욕망 노려보자
탕!
죽는 자는 죽일 줄 몰라서 납탄 품고 까악
까마귀떼 일시에 날아오르며
까아 악 까아 악
악을 까아 악을 까아 인간아 악을 까서 버려라
울부짖고 있다

자꾸 또 까마귀

끝간 곳 모르게 가물가물한 진리
이 상징 까마귀만큼 완벽하게 보여주는 새
또 있을까
한민족 역사에서 가장 유연하고 굳센
아, 고구려의 힘은 그냥 나온 것이 아니다
그 나라 국조여
지금 우리가 고구려처럼 널 섬겨야
중국이 겁내고 일본도 얌전해지는 그
세 발 보인다는 거 내가 알릴께
알릴께 그때까지 후여어—

또 또 까마귀

조류독감 탓에 텃새인 너까지
살처분 당할라 후여어—
인간중심주의 정신이 안 죽는 이상 후여어—

따오기

한국 따오기는 다 잃어버리고
중국에서 따 오기해
보호철망 속 새끼 낳은 따오기
인간들 널 보러 오거든
인간 욕망 따옥 따옥 따 오기해
네 똥통에다 버려라
따옥 따옥 따 오기야
그래야만 새끼가 산다
네 오줌통에다 버려라
그래야만 새끼가 산다
따옥 따옥 따 오기야 응,

돼지

구속당한 채 끈질기게 청하는 소리
인간은 듣고도 못 들은 척
한 번도 채워주지 않은 허기진 꿈
죽을 땐 지조있게 귀청 찢는 요구
꾸우울 꿀꿀꿀 달라 부르짖는데
꿀 한 방울 주지 않고 인간들아 이럴 수 있나

개

네가 꼬리칠 때에도 꼴깍 침 삼키더라
누가?
알잖아!
주인?

고양이

널 나비라고 맨 먼저 부른 이는 언어 혁명가
나빌 잡았다는 놈 역시나 무리한 얼간이
나비야 나비야 아름다운 나비야

늑대

특히나 봄날에 늑대가 집개들의
생죽음 비명 견딜 수 없는지
목 뽑아 우짖으니
휘황한 달빛이 눈물처럼 부서져 내리고 있다
속울음 우는 고독한 사랑삶
왜 이리도 가슴 아린지
늑대야
나도 몰래 너와 함께 넋 뽑아 우짖는데
달빛은 왜 저리도 우리를 적시는지 너는 아는가

닭

널 모실 줄 몰라 드디어 닭장신세 인간
살처분 당한 네가 되돌려준 선물
전쟁, 인간이 인간을 향한 합법적 살처분
황금계란 못 낳으면 잘려나가
자살 같은 타살판 살처분 사회경제
이젠 닭 모가질 비틀어도
새벽은 온다 말하지 마라
보이지 않는 닭떼의 역습만 있을 뿐

꽃사슴

사육장에서 뿔 거듭 잘리고
피 꿀꺽 빨리다
목 콱콱 사람 죽었다 뉴스 날 때마다
몸에 꽃 한 송이씩 피어
꽃사슴, 흉측한 인간의 봄 그래도 자연은
꽃소식, 산수유에 이어 진달래꽃 벙글벙글
오시는 길 걸음걸음 뿌리오리니
맨발로 즈려밟고 오시옵소서
꽃사슴과 초원을 달려봅시다
함께 같이 숨막혀 죽을 때까지 꽃사슴
꽃사슴떼와 우리 한 번 손잡아 달려봅시다
달려봅시다
생명의 이 비극 잊어버리게

곰

사육장에서
담낭 빨대 꽂는 거
꽂아 빨아먹는 거
자본주의
전세계적으로 끗발 날리고 그래서
인간해방 곰해방 기어이 이루려나
자본의 노리개인 인간
자본의 노예인 인간
인간이 자본의 노다지일 뿐인가
오직 그뿐인가
그뿐이라면 차라리 죽음을 달라
아니라면 정말 그게 아니라면
사람다운 삶을 달라
사람다운 삶 스스로 살려달라
내가 사랑하는 한민족 위대한 꼬마들아

누렁소

초고압선에 급살 당하면서 싸는 생똥들이
독한 메탄가스 뿜어 백년 이상 오존층 뚫는 거
인간아, 부조화로 사는 삶 그리도 맛있냐?
먹이 주는 인간을 오메로 알고
오메에— 오메에— 목놓아 우는데도

뱀

인간마다 다 지닌 쿤달리니와
그 상징 의사협회 로고는
뱀탕 되지 않는다는 이 말
끝끝내 믿고 살 수 있는가

美양

양을 신의 제물로 바치는 걸
美, 아름다움?
오늘날은 돈인데 왜 여태껏 날 잡아먹는가
「영원히 더 클 순진한 美」으로 바꿔다오
목자이신 예수께서도 진실로 진실로 그래야 한다며
美, 보듬어 오시고 있다

삼매 · 1

휘몰아치는 눈보라 속
외다리로 선 채 학 한 마리가 자고 있다

삼매 · 2

소낙비 속 알몸 비치는데
앉아서 자고 있는 한 사람

삼매 · 3

해 삼켜 이상하게 어둔 낮 그 홀로 빛난다

삼매 · 4

불 없는 불로 분신자살하여 웃고 있다

삼매 · 5

달 매단 귤나무는 달한테 먹히고
허공 매단 귤나무는 허공한테 먹히고 있다

삼매 · 6

할 일 다 마친 사람이 일하러 다닌다

삼매 · 7

해저 삼만리는 썰물 밀물 모르는 침묵

삼매 · 8

밥을 하느님으로 먹었더니 고마워 비가 내린다

삼매 · 9

두 팔 펼친 순간 사람이 십자가
부활한 성령이 그대

삼매 · 10

물은 포도주 포도주는 피 피는 젖 기적의 어머니

삼매 · 11

속에서 아이가 울면 흐르는 마리아 젖

삼매 · 12

마리아 젖으로 배부른 아가 웃음

삼매 · 13

전쟁이 끝나자 비둘기가 날개를 고르고 있다

삼매 · 14

날개 꺾은 폭격기 속에서 잠자리가 나오더니
정수리에 앉아 자고 있다

삼매 · 15

온몸통 젖통으로 바뀌니 땅엔 참평화
하늘이 스스로 좋아하고 있다

삼매 · 16

사람들이 촛불 자체
일억년 그믐밤이 순식간에 화안한 창세기 삶

인생여행

여행자가 바로 그 여행의 목적지

고독한 사랑

드러낼수록 더 무한히 가라앉고
가라앉을수록 더 무한히 오른다
이걸 보고 아는 사람은 벙어리

절대순수의식

엄지발바닥에서부터
발뒤꿈치까지가 가려울 때
손가락 없는 손가락이
긁어주는 시원한 가려움 이것!

눈물

가슴이 웃으려고 목욕중

웃음

머리가 죽을 때 터지는 가슴

너

내가 없으면 따라 없어라

나

나만 있으면 너는 생지옥

독선

종이거울이 어찌 미인을 낳고
굶주림 채워주는 밥이랴?
이해 없는 책 비판자

맹종

성형미인이 헛배 겉멋 채우는
장식용 종이거울을 종이거울
또는 밥이라 할 수 있는가?
비판 없는 책 이해자

아침이슬

오대양 파도소리 담은 하늘 구름나그네
빛나게 "증발" 해 한 소식 갖고 올게
우지 마 꼬오옥 만나자 우지 마
바다하늘삶죽음너나한방울물우리는하나
이 하나는 어디로 가시나요?

작곡가

하찮은 잡소릴 떠나
하늘소리 얻는 이는 귀하지 않다
잡소리가 본래 하늘이므로
따로 하늘만 우러러 한 음 취한 순간엔
땅을 죽인 잔혹한 성스러움에 빠지고
그렇다고 잡소릴 따라다니면
하늘 죽인 무지막지한 속됨에 갇히므로
하찮은 잡소리와 성스런 하늘소리
둘 다 사라진 자리를
지킬 줄 모르고 지키는 지킴이
그대 있음에 비로소
참땅 참하늘 참사람 참소릴
귀로 보고
눈으로 듣고서
익어익어익어
저절로 익어터져
구멍없는 구멍으로 나오는
조오타~
이 소릴
누가 어찌 막으리오

대중가요

수많은 사람들 심금 안에 거주해
3분간 고독이 울고
3분간 사랑 우러나오고
마침내 고독한 사랑 고독하지 않고
드디어 사랑한 고독 함께 어우러져
스스로 진실교류
스스로 행복교류
하나인 삶
우리들의 삶
3분 예술
얼씨구나~
다 모이니 모두모두 홍씨구나~
얼싸 홍씨구나~
절씨구 젖씨구 신명씨구나~~~

수예가

이 땅에 태어났으니
가위보다는
이어가는 바늘삶이
진짜 삶
한 땀 한 땀
이어붙인 누더기 옷한테
다이아몬드 가위는 고개 숙여 참회해
바늘로 거듭나야 한다 거듭나서
지극정성 이어가는 삶 살아야지
우리가 가위 되어 또 어찌 자를 수 있으리오
어찌 또 가위들한테 밀려 자름을 허하리오
한 땀 한 땀
우리가 통일지도 수놓는 삶
한 땀 한 땀
우리가 평화통일 수놓는 삶
우리가 어찌 쉴 수 있으리오
한 땀 한 땀 이어야지요
잇고 또 잇고 자꾸 이어
빈틈없이 완전히 이어 평화통일 우리나라
한솥밥 한밥상 가슴가슴 부벼부벼
한없이 한 번 살아봐야죠

가수

살다 막혔을 땐 늘 함께 더불어
진실한 힘의 노래로 벽 허물어 길트기
걷는다 동트는 인생 행진이다
가시밭길 없는 꽃길 싫다
가시없는 장미같아 싫다
진실 스스로 용기 갖추고
날마다 새숨 새하늘 새땅 그 가운데
참사랑 불꽃삶 활활활 피워올리니
우주가 그대의 합창단으로 그댈 받들고
우리 삶들 차별없이
다 모셔 다 모셔 다들 모이어
살다 막혔을 땐 늘 함께 더불어
진실한 힘의 노래로 벽 허물어 길트기
춤춘다 동트는 인생 행진이다
자갈밭길 없는 아스팔트 싫다
자갈없는 침실같아 싫다
진실 스스로 겁없음 갖추고
지금부터 행진이다
내가 노래춤~ 행진행진행진이다
슬픔까지도 흥겨운 행진이다

힘들어 죽겠는데도 홍겨워 홍겨워 홍겨워
살맛나는 삶맛 먹여주는 그대와 행진이다 행진

판화가

다중우주에 나는 여럿 있다
그 가운데 어느 분이 진짜 나?
어리석은 질문 꺼지게 하는
다중복제는 이젠 우주적 예술
희소가치는 이젠 외로운 아우라
같은 듯 한판이지만 같지 않은
다른 듯 한판이지만 다르지 않은
한판 한판이 전체인 아우라, 동시에
한판 한판이 부분인 아우라
다중복제는 이젠 우주적 아우라
판 찍은 숫자만큼 차이나는 아우라
마치 일란성 다섯 쌍둥일
부모는 다 알아보는 거와 같이
한 판 한 판 부모 같은 관람객이
늘 다르게 즐길 수 있는 아우라
다중우주에 다중아우라는 이러히 살아있다
다중우주에 나는 여럿 있음을 여실히 보여주며
이러히 아름답게 살아있다
다툼없이 조화롭게 숨쉬고 있다

평론가

이해 없는 비판은 독선이고
비판 없는 이해는 맹종이듯

부정 없는 긍정은 집착이고
긍정 없는 부정은 고집이듯

적이니 동지니 이 생각 저 생각
생각 모두 없애야

세일즈맨 벗어난 창조평론 평론창조
새로운 무한수직상승
새로운 무한수평을 펼쳐
자꾸자꾸 펼쳐
새로운 문예부흥의 선봉장!

무용가

춤은 공기로 사라지고
새하얀 영혼
깃대 없는 허공에 떠
나부끼는 삶

조각

원석에서 잡석 다 떼낸
그 조각가는 누가 조각하는가?

수필

스스로 말미암아 언어가 활동하니
스스로 그러히 사노라
바람같이 구름같이 머물지 않고
그냥 그저 가노라
새로움 없이 늘 새롭게 가노라

누드 화가

자기 알몸 속 알몸 속 알몸도 못그리면서
남 겉몸만 보고 잘 그린들
그릴 수 없는 알몸 속 알몸 속 알몸 속
알몸 속 알몸 속 알몸 속 알몸을
직접 볼 수 있는 거보다 못하다

그림

그리는 그대로 그림인 우리들 삶

희곡

조명 들어오면
처음 하늘 열리는 것
만물만생이 무대로부터 나와
조명 꺼지자 무대로 사라져
불멸의 존재자 무대는 늘 비어있네
늘 숨어있네 알고 보니
무대는 우주전체로 전부 퍼져있어
우리가 배우만 보고 사네
우리가 너무너무 모르고 사네

연극

맡은 배역마다 진리의 실체라서
가짜가 없는 배우의 삶

영화

맡은 배역마다 스크린 환영에서
진짜가 없는 진짜 금강경 배우 삶

뮤지컬

삶 힘들 때마다
생명 춤노래
위로와 용기와 사랑의 꽃
즐거움 충전기
심장 박동기
연기 춤 노래 맛있게 비벼
배우가 비빔밥인 동시에 스스로
악기 무용수 가수로 새맛을 내는
앙상블 꽃
영혼의 향기
관객 눈엔 배우가 보이지 않다가
커튼콜 때 비로소 배우가 보이는 것
앙상블 꽃들
생명향기

詩

문자 떨군
궁극
젖
황톳길
아이
걷고

소설

실로 말많은 말들로
수많은 언어 다 토해내므로
비워주는 오장육부
피 살 뼈 챙겨
일으키는 감동의 힘
화학비료 밀어내는 토종 똥오줌의 힘
그 힘으로 새세상 열어 보인다

음악

생명이 태어나 생명이 돌아가는 곳
넋이 태어나 넋이 돌아가는 곳
근원으로 이어진
지금 여기 이 연주 노래소리에
여태껏 납작한 오징어처럼 살던
사람들의 납작한 영혼 납작한 가슴
납작한 자궁이 젖더니
부푸는 속 나 너 우리 이어지고
가위 녹이는 어머니 우주자궁 탯줄
그 양수에 뜬 우리는 보배로운 태아들
어른이 태아 속일지라도 끊을지라도
태아는 어른 속일 줄 몰라 끊기지 않아
옹알옹알 웃음 새몸이 둥둥둥
까꿍까꿍 신명 돋는 아아 분홍빛 삶
지금 여기 숨 속의 숨소리에
여태껏 뻣뻣한 명태처럼 살던
사람들의 뻣뻣한 마음 뻣뻣한 등살
뻣뻣한 속살 촉촉이 젖더니
부푸는 사랑이 콩나물 담아 끓여 한 그릇씩
나눔없이 나누어 마시는 분홍빛 삶
삶이 태어나 삶이 돌아가는 곳

도예가

"진흙으로 빚어 후우—
입김 넣자
모습이 나 같은 사람이라"
그 사람이 무언가 빚는데
진흙이 물 젖은 그대로 다 내맡겨
그도 후우— 입김 넣자
모습이 그 같은 밥통이라
담기는 햇빛사탕쌀밥
밥도 후우— 밥김 넣자
그 사람 더 잡숴줘
비로소 쌀도 사람이라
흙에서 태어나 흙으로 돌아갈 때까지
그 눈부신 나도 사람이라
하늘이 후우— 입김 넣자
허공이라
허공이 후우— 입김이라
입김이 후우— 허공이라
이것이 모든 모습들 이전의 참모습이라
물 젖은 진흙 안고
오늘도 그가 후우—

악기 중 악기

피아노 88 건반 동시에 누르는 소리
사람 목소리
오늘도 피아노 걸어다니며
연인끼리
친구끼리
연주한다
사랑 자체 우정 자체
피아노 연주자
사람 목소리

서도

벼루 붓 그냥 있는데
사람이 바람처럼 종이 스쳐
나투는 길

서각 전각

늘 첨이자 마지막 새김판
가슴판
끌 내리친 망치
황홀한 비명
젖
젖는 가슴판
글씨가
사랑 먹고 크는
아가야

건축가

DNA 게놈 우주 설계한 그는?
정말 그가
땅 파고 자연 부수고 아파트 장사꾼?
집 속에 집짓기로 그 위에다 또 집짓기로
부동산 매매목표? 그가? 왜? 그가?
몸집 건축가인 그가 살살 들어와
도적처럼 들어와
그런 목표 싫다
없는 듯 사는 그가 속삭이는 소리 듣나요!
그러면
기적의 유기체로 걸어다니는
미생물 생태공원
아름다운 자발작용의
몸집
몸집 같은 사람들 집은 언제 짓나요?
지을 수 있는 그
기다리는 나 아세요?
그는 나 아세요?
나는 그의 영광 넓히고 싶어요 스스로 말미암아
나는 그의 건축 골고루 두루두루 펼치고 싶어요

자연미술

하늘이 그린 자연미술
표구점은 액자에 못 넣어
쩔쩔 매다가
그냥 그저 있는 그대로 두네
단 한 번도 똑같은
그림 그리잖고
단 한 번도 꼭같은
전시회 연 적 없는
허공 미술관
자연미술 생명체

전위예술

기득권 놓치기 싫어하는
기존 예술한테 죽는다
죽을 때 죽을 줄 아는 예수처럼 죽는다
죽어야 산다고
나, 죽어야 산다고
거듭나 새롭게 산다고
뱀한테 암두꺼처럼 죽는다
현자생존 시대의 새문을
우민생존 낡은 철문으로 바꿔 달수록
적자생존 무한경쟁으로만 치달릴수록
진리가 사람을 자유케 하리라는
전위예술 네가 없으면
그 사회 참으로 위기 위험 위태롭지만
전위예술 네가 있으면
기지개로 용틀임질하는 소통 밥통 진리통 숨통 트여
오직 위대한 사회로 클 뿐이다
무엇하는가?
전위예술, 거룩한 산모
진리가 사람을 행복케 하여
남북이 우주적 통일세계 낳으리라

무엇하는가?
전위예술, 성스런 산모 평화통일 산모
늘 출산일 앞둔 전위예술 평화통일 산모
대~한민국 전~위예술

행위예술

예술의 이름으로 조작해
감동각성 창발되지만
조작된 모든 건 다
산산히 부서져 사라지는데
들어갈 자궁을 모르므로
우주 고아
우리들 삶이 이와 같다면
이거 보여줘
아름답다 행위예술

존재예술

존재하기 위해 존재하고
명상하기 위해 명상하고
공부하기 위해 공부하고
사랑하기 위해 사랑하는 것
이뿐이다
지금 여기 이뿐이가
이뿐이로 일어나고 있다

설치미술

물질을 일상과 달리 하므로
위상기하 무늬로 새소식 남기는
神의 흔적

해체미술

전쟁만큼 견고한 문화가
인류사에 또 있을까
수레가 해체되면 아무것도 아니듯
적과 동지 둘 다 해체되면
적대국 동맹국도 해체되고
지금 여기 있는 그대로
평화 드러나
다이아몬드처럼
투명한 존경 사랑 신뢰의 빛 우러넘쳐
공생 공용 공체의 한 송이 꽃밥상 차려져
세계일가 행복일가 사람다운 세상
보이게 하네

만화

태초에 침묵의 소리와 함께
그림이 나타났고
다음에 문자가 있었지만
분리주의를 가엾이 여겨
그림문자 동시 융섭
인류문화 키우나니
삶이 요지경 만화경과 무엇이 다르랴
삶이 만 가지 그림 말씀이듯
만 가지 삶살이들이 주인공으로 섬김 받으며
온누리 누비니
만화의 가치는 영원하리라

동화

어른잎 양분 받아먹고
아가잎 돋아 새세상 열 듯
아이가 어른의 새로운 스승이신데
어른은 아이의 제자 아니다 근엄 부릴 때
새로운 스승으로 가슴 파고드는 동화책
아이처럼, 어른이 아이처럼 태어나는
산부인과, 가장 순수한 산부인과

애완호박

줄무늬 긋는다고 호박이 수박 되냐?
이건 호박 모독
호박으로 태어나 단 한 번도
수박 되길 바란 적 없고
오직 호박답게 익은 호박으로
잘 먹혀줘~
먹은 그 사람이고 싶었으므로
사람들이시여
호박 모독 마세요
호박 모독 마세요
생긴 대로 잘 사는 호박 모독 마시고
호박 앞에서 한 번쯤 고개 숙여요
그리고 씁디쓴 나도 잡숴줘~
몸에 좋으니
나도 잡숴줘~ 나도~
먹혀줘 그대이고 싶으니까요
보고 있지만 마시고
으어 어서 나도 잡숴줘~
잘 생긴 게 죄라뇨
보고 있지만 마시고

아으 나도 잡숴줘~
먹혀줘 어서 그대이고 싶으니까요
씁다 뱉으면 약 뱉는 것
그대 병들어야 날 잡수실 건가요
그대는 거꾸로 사는 바보야 바보

꽈리

강남으로 제비 떠난 자리
제비노래 머금은
꽈리 열매 익었네

나혜가 입에 넣어
꽈아르리리 꽈아리
창공으로 솟구쳐 오르기 전
제비노래 꽈아르리리 꽈아리

순간 나혜제비
하늘 한가운데로
우주 한가운데로
존재 한가운데로
사랑 한가운데로
솟아오르는 나혜제비

꿈꾸듯 보면서
가을이 웃는다

국화

서리 맞는 봉오리
영혼 익히려다
추위에 아린 듯
햇살 꿀꺽
방실 웃다
향긋한 사랑

"가지 꺾어 속을 보니
아무것도 없는데"
어디서 왔는가
꽃다운 꽃

양파편지

벗겨도 벗겨도 양파 속엔
글씨가 없지만
벗길수록 벗길수록 양파편지 속엔

모든 것이면서 아무것도 아닌
이것이
안아준다

내말김
사랑
이것
이뿐이
양파편지

검도

끝끝내 칼 없는 칼이 녹이는 무쇠칼

궁도

숨 죽여 겨눈 화살에
과녁중심이 날아와 꽂히고
화살은 계속 날아가는 줄 모른 채
꼼짝없이 중심 속 중심 자체로 날고
궁사는 텅— 비어 있다

유도

강하고 굳고 센 힘을 물렁물렁 이끄는 공기

불멸의 이것

절대 표절이 아닌
삶
지금 여기 태어나면서 웃는 아가
지금 여기 죽어가면서 웃는 어른
서로 맑게 웃네
새맑은 거울이 새맑은 거울 앞에 서서
서로 그냥 그저 웃네
본래 만남은 이것
티끌 한 점 없이 웃네

지금 여기
웃네
사랑 너머
고독 너머
속삭임 너머
웃음 자체로
웃는 줄 모르고
웃네

눈 덮인 겨울낙엽 울먹울먹

가신다면 오실 날 두고 가시지요
못잊을 심정 어떡하나요
시집 속 그대 준 낙엽 한 잎
기약인가요? 낙엽 한 잎
사랑빛 울긋불긋 사랑 낭송하는데
눈 덮인 겨울낙엽 연인들 밟을 때도
사랑사랑 울먹울먹 사랑사랑 울먹울먹
가신다면 오실 날 두고 가시지요
울고픈 이 마음 어떡하나요
함께 살고파 살고파
오실 날 필요없이 같이 살고파
시집 속 그대 준 낙엽처럼
나의 속 그대 사랑 살아있어요
오실 날 필요없이 한몸처럼 살지만
어떡하나요
못잊어 보고파 고마워 어떡하나요
둘이서 살고파 어떡하나요

기도 응답 · 1

가문 빈뜰에 풀꽃들의 기도 듣고 비 오시는 밤

기도 응답 · 2

세월호 선장 같은 정치는 가라
오라 참정치
빌고 비는 가슴 쩌억 님 돋는 새벽

기도 응답 · 3

국가를 살살 민영화로 재벌들 웃고 있다

기도 응답 · 4

자궁 열더니 민영화만 출산 국민 죽고 있다

기도 응답 · 5

의료 철도 남북통일까지 민영화 대박 블랙딜 중독녀

기도 응답 · 6

끄떡않고 끄떡없이 떡 먹는 청와대 한 명

기도 응답 · 7

아직 가만히 있어도 영영 가만히 있으라
기도하는 그녀는 누구세요 무엇이세요⁇

기도 응답 · 8

사람답게 살려고 움직이는 그 순간이 참삶

기도 응답 · 9

국민을 닭치기할수록
권력이 조류독감 걸려 살처분 당하고 있다

기도 응답 · 10

마당 나온 암탉보다 모자라면 국민이 그녀 닭치고

기도 응답 · 11

국민이 주인으로 행동하는 순간 화이트딜 참생명

기도 응답 · 12

못살겠다 갈아엎는 순간 참사람 나오고 있다

기도 응답 · 13

국민 참정치 기도에 그믐밤 오시는 새님이여

기도 응답 · 14

탄압 속 전교조 가슴 쩌억 달 돋는 참교육

태훈아, 8월이 오고 있다

빛 저장한 열매들이
사알금 드러내는 색깔 봐
장미꽃에 앉은 달빛고양이처럼 아름답다

사람 귀

엎드린 그 때서야 귀 제일 높아져
하느님을 듣는다

동물 귀

설 그 때엔 귀 제일 낮아져
하느님 죽이려 든다

하느님 귀

온통 귀뿐인데 희유하여라
보아 알고 맡고 느끼고 말씀까지 다 하시곤
입 없어 말한 바 없다 하신다

믿음

지금 여기
오늘에사
내가 믿음을 믿는 것 아니라
믿음이 나를 믿어줘
내가 하느님 믿는 것 아니라
하느님이 날 믿어주시어
그 사랑 폭포처럼 쏟아지고
이 경외심 분수처럼 솟아퍼져
떴다 떴다 둥근 무지개
둥근 무지개 가운데 무량무광 사랑
가슴 안에 드는 사랑
사랑으로 말미암아
잠시 모습 보여주시는 하느님
동해물과 백두산이 마르고 닳도록
하느님이 보우하사
그 하느님이 사람
사람이 하느님 바로 한민족 우리들이다

종이비행기

"하늘에 가 닿고자 하는 나무의 꿈" 이
하늘로 하늘로 날아오르더니
빛이 조종석에 앉아 운전하는 거 보아요

태훈아

인생을 백년 생애로 볼 때
넌 겨우 백미터 단거리를 뛰고
놀라워라 일상의 지겨움을 느끼다니!
탈출자를 꿈꾸다니!
장하고 장하도다

살펴보아라
지금 태훈이 사는 집도
사방 팔방 천정과 바닥 시방이
다 벽이었는데
그 속에서 살고 있는 넌 어떠니?

대문 창문을 통해
할아버지 사랑과 정의도 교류하고
엄마 아빠 누나들
다정다감 포근포근 행복 에너지로 감싸주지!
벽 자체는 답답갑갑 숨 막히게 하지만

살펴보아라
바깥 찬바람 더운 열기 독지네와 맹수

도둑 강도들 막아주는 보호자이니
감사합니다 감사합니다 진정 감사합니다
인사 드린 적 있니?
아니라면 집도 탈출하고 싶니?
설령 때 되어 탈출한다 하여도
장가들어 새로운 벽 속에 들어가는 것일 뿐
이것을 사람들은 새집으로 이사했다 그런다
만약 새집이라 하여도
뚫지 못한 벽에 갇혀서 본다 한들
벽 외에 달리 새로운 거 보겠느냐?

공부도 이와 같아서
평생 공부하지 않으면
대문 창문 천정을 통해 해와
밤하늘 달별들 볼 수가 없으니

다시 살펴보아라
사람이 사람답게 살기 위하여
사람이 사랑으로 살기 위하여
사랑이 하느님으로 베풀기 위하여

인생 백년을 쉬임없이 치열히 탐색
공부하여야 하나니
공부하다가 죽자는 각오로 공부하는 자는
살아서 공부를 마치게 되나니

공부를 잘하자
가치없는 공부에는 시간을 쏟지 말라
가치없는 공부를 너무 열성껏 잘하여
상금탄 돈으로 보석대문 금창문 대리석으로
집 한 채 지었다 하여도
그 집 찌뿌둥 비뚤고 기울어 있으면
안전한가?
영혼없이 사는 겉멋 그런 사람 아름다운가?
편안한가?

언제나 가치있는 공부를 해야 하므로
그 공부는 벽이면서 동시에 바른 탈출 나침반임을
잊지 마 잊지 않더라도 실행 못하면
사치스러운 화장품으로 그리고 만다는 거
잊지 마, 언행일치! 잊지 마,

사랑과 정의의 삶 위대한 탈출자
부정부패로 혹은 홀로 잘살겠다는 지도부의
숨막고 기막는 일상을 걷어치운
거룩한 일상탈출자 원효대사 사명대사
이순신 유관순 윤동주를 잊지 마

사람으로 태어나
하지 않으면 안 될 탈출공부면
자신이 제일 먼저 잘하고
어차피 해야 할 탈출공부면
지금 당장 잘하고
반드시 이루어야 할 탈출공부면
한꺼번에 통째로 몽땅 잘하고
지극히 잘해야 할 탈출공부면
영성가족공동체 강령 자체로 잘하자

그러면 틀림없고 분명하고 확실하다
천하 으뜸가는 생명살림의 자비로운 자유인
주인공 중 주인공이 누구인가는
훈, 훈, 훈훈한 훈, 너!

자전거

중심이 균형조화 이루어 달리고 있다
중심 잃으면 비틀비틀 쓰러지고 만다며
침묵이 바퀴 굴려 달리고 있다
중심이 꼼짝 않고 자는 듯 취한 듯
주시자로 고요히 달리고 있다

매미

아느냐?
한겨울 남북극에서도 노래하는 매미를
네 안에 있다

무지개

공중에 뜬 널 보고서야
두근두근 그 인생 짧을 수밖에
가슴 속 사랑 정의 넘치고 넘치면
그 인생 날마다 두근두근 무지개 삶

해달별

어떤 수난과 고난 속에서도
두 팔 화알짜아악 펼쳐야만
떠오르는 빛 덩어리들 그래서
가슴하늘엔 그믐날 그믐밤 영영 없어라

맨손

장갑 낀 손으로
사랑을 만져놓고 자랑일랑 하지 마소
너랑나랑 노랑파랑 사랑사랑 섞어
파랑파랑 새풀 풀밭 우거지게 섞고 섞어
아이들 뛰노는 풀밭 놀이터로
주는 줄 모르고 줘야 하는데
구두 신은 발로
마스크한 입술로
색안경 낀 눈으로
청바지 외투 입은 몸으로
장갑 낀 손으로
정의를 잡아보고 살맛난다 하지 마소
삶맛은 맨손 맨발로부터
세상맛은 맨입 맨눈 맨몸으로부터
너랑나랑 우리들일랑 노랑파랑 사랑사랑 섞고 섞어
파랑파랑 새풀 풀밭 놀이터 이뤄줘
어른들이 아이들의 놀이터 되어줘
살고 싶소 살고 싶소 맨손 맨발로부터
너랑나랑 우리들일랑 노랑파랑 사랑사랑 섞고 섞어
한없이 원없이 살고 싶소 살고 싶어

목 마르요 목 마르요 물 좀 주소
맨손에 담아 물 좀 주소

할아버지는

아가야다
엄마 뱃속처럼
천국극락 같은 우주자궁 안에 머물러
가릉빈가 천사들과 춤으로 날다가
달빛고양이처럼 살금살금
달빛가루 뭉치는데
넌, 날 보고 깰듯깰듯 그냥 자길래
할아버지는
잘자라 잘자라 우리 훈아~
나도 모르게 자장가가 나오다가
따라 니 곁에서 쿨쿨
신기하고 신기한 건
몸만 자고
영혼은 초롱초롱 일어나
달빛가루 지극정성 또 뭉치더니
떴어
그림자조차 남기지 않는 그
달
떴어
몸만 자게 하고 훈아

영혼은 달 보아야 한다
영혼은 일어나 달 비추어야 한다
할아버지는
사랑의 자장가 포근포근 불러주면서
할아버지는
동시에 널 깨우고 깨우더라
사랑하는 훈아~

사랑은 세포를 춤추게 한다

이 온몸 육십조 개 세포가
일제히 춤추며
감사합니다 감사합니다 진정 감사합니다
낡은 세포 거듭나게 하시는 분
사랑,
사랑이 하느님
나 그댈 당신으로 부르며
부활의 이 영광 다 바칩니다
다 바칩니다
나의 당신
우리들의 당신
목마름으로
타오르는 온몸일 때마다
물 주시는
당신,
새생명 당신,
거룩한 당신께!

어미닭과 병아리

엄마 엄마
엄마는 누구세요?
삐약 삐약 비약 질문에
끼어 쩔쩔 매다가 솔직담백히
답하는 어미닭
꾹 꾹 꾹 끼어요—
아이고 내 새끼 철학하는 병아리야
모르고 사는 사람들도 얼마나 많은데
내가 어떻게 고걸
꾹 꾹 꾹 끼어요~
삐약 삐약 비약~
모른다는 사실을 알고 게시는
우리 엄만 소크라테스시다
비약 비약 비약하더니
어느 날 날개 돋아
낭게로 하늘로 더러더러 날아오르기
즐기고 즐기더라
일상의 닭장이여 안녕~
지칠 줄 모르고 힘차게 안녕~
즐기고 즐기더라

가족 연주회

하프 대금도 없이
엄마는 언제나 그 소리로 우릴 챙겨주시고
콘트라베이스 색소폰도 없이
아빠는 언제나 호랑이 사자 같은 그 저음으로
우릴 보호해 주시고
가야금 거문고도 없이
피아노 바이올린 첼로도 없이
북 장구 꽹과리 징도 없이
아들딸들은 화평화답
조화균형 앙상블
화목화해 하모니
자세히 주시하니 보인다
우주적 사랑!
지휘봉, 우주적 사랑을 따르는
아름다운 가족 연주회
지구 인류가 우주은하로까지 연결되면서
"내 나라 내 기쁨 길이 쉴 곳도
꽃 피고 새 우는 집 내 집 뿐이리
오 사랑 나의 집~"
행복한 교향악단 가족 연주회~

풍선

뚱뚱하더라도 主人空이면 뜬다

앱

훈아,
할아버지 앱 사용해 봤냐?
예?
할아버지 앱!
……?
두 개나 되는데 아직껏 몰라?
하난 손글씨로 교류하는 것이고
또 하난 명상 삼매 스크린이다
디지털 그 털만 계속 쓰다듬지 말고
할아버지 수염털도 쓰다듬어 줘
외로운 수염털
고독한 수염털
신성한 수염털
응?
이모티콘 없이 더 직접 감정 교류뿐만 아니라
권위주의적 고모님 잔소리
고모콘티 아예 없는
자유로운 인격적 글체
신격적 사랑에너지가 파동치는
순백의 수염털 앱

새하이얀 종이를 누르고 힘껏 쓰는 거야
너랑나랑 훈훈하게 정성껏 쓰는 거야 응?
아니다 아니다
이 세상 할아범 할멈들
디지털 왕따 신세 다 눌러 풀어드려야지
효도 앱
땀냄새 앱
인간적 앱 알지?
알면 우물쭈물하지 말고 적극적으로 말야
지금 당장 만나~
고걸로
수염털 앱 고걸로
지금 퍼뜩 만나~
오오냐 그래야지 기다리마아~

물 속

바다 한가운데 빠져야
물 속 깊숙이 들어갔다 하는데
진실로 진실로 자신의 몸바다에 빠져야만
물 속 깊숙이 들어간 것
그 땐 그대가 물 속 물
한 방울 속 한 방울
그 안에 온우주 만물만생 다 살아있으니,
아침 이슬이야 햇빛에 사라지지만
한 방울 속 한 방울은
진짜 물방울 다이아몬드이므로
사라질 줄 모른다
믿음이 사랑으로 말미암아 형상을 얻듯이
형상 얻어 영롱영롱 금강경
엮고 또 엮는 금강경
말없이 말없이도 아니게
설함없이 설함없이도 아니게
자문자답
무문무답
물 속 물
한 방울 속 한 방울

금강 생명체
형상없는 형상
금강 무주체
물 아니라서 물이라 한 것처럼
체득함없이 체득해 놓고
치매환자처럼 잊고 흐르는
자유인 속 영원한 자유인
물 속 물
한 방울 속 한 방울

하늘오르기

사랑이여
흙 속에 파묻혀 썩어가는 씨앗이여
돋으면 짓밟히는 정의로운 삶이여
쓰러지면 또 일어나 가난하게 걸어가
가난을 넘어서는 내적 부요로움이여
사랑과 정의여
그대가 곧 하늘이므로
이 땅 딛고 일상을 사는 하늘이므로
우리나라 좋은 나라 하늘즐기기 나라
하늘하늘 나비처럼 하늘즐기기
하늘오르기
이 땅 이 세상 굳건히 딛고 서서
서로서로 생명살림 살아넘쳐서
아아 우리 사는 이 땅이 하늘하늘
하늘삶 하늘생명
늘 함께 더불어
가난을 넘어가는 풍요한 나라
우리나라 좋은 나라 하늘오르기 나라
이런 나라라야 참다운 부자나라
이런 땅이라야 참다운 우리나라

이런 나라 우리나라 언제쯤 올까?
우주은하 중심 하늘
사랑과 정의로 서로서로 생명살림
하늘즐기기
하늘오르기
앗싸아~ 하늘오르기~~~
앗싸아~ 하늘즐기기~~~
앗싸아~ 한꺼번에 통째로 몽땅 가
사람이 하늘~ 하늘~ 하느을~
이런 나라 우리나라 언제쯤 이룰까?

나팔꽃이

바지 치마 윗옷들
팬티 브라자 그 가운데
아가야 속옷 기저귀도
탈수기에 쥐어짜여 거듭나 널리더니
살랑살랑 바람 햇빛이
우아~ 참 맛있다 그쟈
그래 정말 맛있어
환장하겄다 그쟈
옹알옹알~
하늘하늘
너울너울
빨래처럼 춤추라고
땟물 낀 사람 마음 그렇게 탈수시켜
오늘을 춤추며 맑고 밝게 살아라고
나팔꽃이 베란다 빨랫대까지 올라와
나팔을 불자
노랑나비
흰나비
호랑나비와
저만치 명상실에서 옷 주인이 웃고 있다

태훈아, 다시 가을이다

가을을 보니?
가을만 보면 뭘 해
나혜처럼 햇살 먹는 열매를 봐야지
열매만 보면 뭘 해
나혜처럼 열매를 먹어야지
수염털 앱 사용할 줄 알아야지
수염털 앱 씨앗사람으로 살아야지
넌 씨앗사람 맞지?
사랑씨앗 맞지?
아침저녁 가을바람 속에서
하늘 향기로 묻거든
할아버지 영혼이니 정성껏 답하여라
태훈아, 다시 가을이다

주시

사진작가가 되려면
착각 사진은 찍지 말고
정각 사진을 찍되 그게 어려우면
찰각 사진을 찍어라
번갯불에 콩 볶아먹듯
번갯불에 길 걸어갈 줄 앎이니
과거인 사진도 필요없고
미래인 청사진도 소용없이
길 없는 길로 흐르는 듯하지만
흐르지 않으면서 흐르는 그 자체일 뿐
누구시길래 이러하신가?
아무것도 하지 않으면서
오직 보고 보고
보보고고
뾰꾜,
이것
주인 이름 아닌 주인 이름
생사 넘어 영원한 이것
뾰꾜,
,주시,

오직 안에다 두고 두고
두두고고
뚜꾜,
이것
주인 별명 아닌 주인 별명
유무 넘어 영원한 이것
뚜꾜,
,주시,
아무것도 아니면서 동시에 모든 이것
,주시,
뾰꾜뚜꾜
뾰뚜꾜 뚜뾰꾜!

훈의 정수리엔

천엽 한 송이 연꽃이
벙글어 있는데 아는지?
그 봉오리 속엔 노인 한 분이
화아아 꽃 피워주길 기다리고 계신데
만나보고 싶지 않니?
잠자리가 먼저 만나려 앉았지만
잠자리가 잠자리로 알고 제 마음
거기 누워 잔다면
잠잠자리로
평생 졸다가 멍청멍멍 끝장이지만
깨어 잔다면
깬 잠자리로
평생 방그레 웃고 계신
그 노인
부처가 바로 너인 줄 알리라!

애플리케이션

훈아,
수염털 앱에 들어오니까 어때?
값으로 매길 수 없는 다양한 작품
많이 만나잖아
소통되는 뿌듯함 진득찐득 뭐 있잖아 바로
맛
멋
질 좋은 수염털 신작 시편들과
여러 시인들 시와 해설 게다
화가들 그림과 감상법에
생명의 신비
알아차리기
주시하기
믿음의 신비
사랑과 정의의 신비
그 뿌리인 청정 자체가 참삶임을
훈아, 디지털보다
수염털이 더 사랑물 물씽물씽 분수처럼 퍼지잖아
아날로그의 축복이 이런 거야
아날로그 버리고 디지털만 추구하면

넌 너도 몰래 디지털 노예로 산다

디지털 잃고선 무슨 일 해야 할지
'우왕좌왕하다가 내 이럴 줄 알았다' 는
쇼펜하우어 묘비명보다 더한
'우털좌털 오직 디지털로 살다가 널 잃으니
결국 돼지털보다 못한 신세로 난 비틀비틀
빈털빈털 이렇게 될 줄 몰랐다'
이것이 너의 묘비명? 이럴래?
이것이 너의 묘비명 아니 되려면
'실상없는 실상, 중도실상으로
이 지구촌에 잠시 머물다가
균형과 조화, 사랑과 평화를 주고 가노라 안녕~
「지금 여긴」 늘 풍부하여 한결 즐겁노라 그런데 울며
나 없는 무덤 보고 절하다니!
죽어서도 줄곧 웃노라
그럼, 나 어디?
어디에도 없으면서 어디에든 다 들어있으니까
결국 헛절은 아니다만
절하는 나 못보고 엉뚱엉뚱 절하니까

허공도 나도 웃노라
하나랄 것도 없이 웃노라 허허허~!'
이것이 바로 아디지털이 주는 축복 중 축복

알고 보면 우스운 거야
내 사랑 훈, 새 삶
새시대 새날 새역사 여는 것은
너의 몫이다
어느 날 물어볼 거야
너, 새로운 털 났냐?

……!
아디지털, 그 털 났냐고?

알 · 1_1

반드시 안에서부터 깨고 나오라
안 나오면 깨뜨림 당해 후라이로 먹힐 테니까

알 · 1_2

아예 무정란 만들어 놓고 무슨 후라이냐?

알 · 2_1

그래도
깨고 나와선 하기 나름으로 부자 되어요

알 · 2_2

무정란이 마술처럼 병아리로 비약해도
재벌집 복날 영계탕 신세
난 가만히 있을래요

알 · 3_1

가만히 있으면 끓는 물속에 푹푹 삶겨 죽는다

알 · 3_2

아무것도 하지 않을 권리를 삶아먹지 마라

알 · 4_1

밝혀야 할 권리로
깨고 나와야 또 노동복지나라 펼 수 있어요

알 · 4_2

맞다
국민은 무정란 아니다
가만히 있을수록 무정란 국민

알 · 5_1

우리들 조상은 하늘이 주신 알에서 나와
새로운 우리나라 세우고 세웠다

알 · 5_2

안에서 알들이 꿈틀꿈틀 껍데기 깨는 소리
헌법 제1조의 진짜 대통령인 국민들께 나오신다
갑자기 청색증 심장병 청와대가 푸르딩딩
껍데기 깨는 소리 제발 그만 두라며 큰소리
혹은 눈물로 달래지만
이젠 안 속는다 그 소리 그 눈물을
꽉꽉 꿀꺽 삼키곤 즉각 갈겨
보여주는 건 똥오줌!
이것보다 못한 소리 그만두라 한다

알 · 6_1

옛나라 우리나라 건국신화마다
알이랑이 이루었다고 아리랑이다~~~

알 · 6_2

열두 고개 고빗길도 알영혼 알이랑,
알이랑 함께 가면
부르튼 발병 깔끔깔끔 나아
가자, 손잡고
사람이 사람 살리는 또 노동 복지동맹으로
사랑이 사람 살리는 또 노력 봉사동맹으로
알이 되어 아리랑 넘어가보자~~~
신바람 신명 피워 넘어가보자~~~~~

알 · 7_1

익사시킨 304명 거룩한 알들
어쩔래?
조작달인 청와대 비굴한 알들이여
거룩한 알들한테
가만히 있으라 너거가 지시했냐?
그때 뭐했냐?
우리는 반드시 알아야 산다 알아야
우리나라가 거룩하게 산다
큰 알 큰 깨침으로 큰 삶 산다
새롭게 새롭게 큰 나라로 산다

알 · 7_2

다시 안에서 거룩한 알들의 알들이
꿈틀꿈틀 깨고 나와서 용틀임하는
헌법 제 1조의 진짜 대통령
국민들께! 이젠 목숨 걸고 나오신다
물렀거라
잃어선 안 될 거 이미 다 잃었고
철도 의료 민영화에
나의 조국까지 민영화로 잃을 지경이니
이대로 두면 못산다 다 죽고 만다
오직 우리 살길은 이것 뿐
'세월호 특별법 수사권 기소권 보장'
직접민주주의 뿐!
물렀거라
이제부터 우리들이 진짜 대통령
참대통령인 국민들께 납신다
가자, 손 잡고 우리들 큰 알이 되어
알이랑 아리랑 넘어가보자~~~
큰 알이랑 함께하면
못 넘을 고빗길도 거뜬히 넘어간다~~~

알 · 8_1

알까? 이 말은
알 까야 알을 안다는 뜻
알 까야 알고, 알아야 알 보인다는 뜻
알겠느냐는 알 깼느냐는 뜻
이제 알까 우리가 알임을
알려면 알 깨야 알겠지요
알 스스로 깨지 못하고
권력이 깨뜨리면 후라이팬 신세
스스로 깨고 나올 땐 병아리가 아니라
깬 사람이 알대통령, 큰 알 대통령
알키!
큰 알키!

알 · 8_2

알 1을 알까?
모를까? 모른다면
모난 곳 다 닳도록 소통으로 부비고 부비고 또 부비고 자꾸 부벼서
모를 까 없애야 한다
모를 까 없앨수록 차츰차츰 변형생성
모가 없는 알 되나니 이제사
알 1을 알까? 아직도 모른다면
모를 까 모를 까 모를 까야 알대통령이지
알 까 알 까 알 까 보여줘야 알키대통령이지
아이고 참 답답해 못살겠다 갈아보자!

알 · 9_1

'새하이얀 은쟁반엔 청포도' 가
알음알이 알알이 깨치자
옥중 같은 무덤 뚜껑 열리더니
청포빛 영혼 이육사가 걸어나오고 있다
푸른 청 봄 춘 청춘으로 오고 있다

알 · 9_2

손잡아야 국민이 청춘
손잡고
국민이 청춘이면 청춘이면
못 넘을 고빗길 없고
새고빗길 생길수록 더 단련튼실 큰 알 탄생
알이랑 아리랑 알알이요
알이랑 고비고빗길 넘어가자~~~
넘어가자~~~~~ 어떤 조작 장해물이라도
앗싸아 넘어가보자~~~ 모 없는 나라사랑으로 둥글둥글
거뜬히 거뜬히 잘도 넘어간다아~ 앗싸아~~~~~
앞으로 세계 장해물 넘는 육상대회 올림픽 열린다면
금메달은? 당연히 당근 우리 대~한민국! 헐⤴ 대박⤴
알이 되어 알이랑 아리랑으로 얼싸안고 춤춰보세~~~
알이랑 아리랑 아라리요~~~ 알이랑 아리랑 아라리요~~~

손잡고

훈아,
왼발 한걸음 앞으로
오른발 한걸음 앞으로
몸통을 함께 받들며
다시 왼발 앞으로
뒤따라 다시 오른발 앞으로
역사란 이렇게 전진하는 것

훈아,
앞서거니 뒷서거니 신경질 난다고
왼발을 오른발에 꽁꽁 묶어
앞으로만 앞으로만 깡깡총총 뛴다면
얼핏 전진역사로 보이지만
우리는 이것을
창조경제 창조역사 창조정치가 아니라
강시경제 강시역가 강시정치라 한다

창조란 훈아,
전지전능력으로 몸통생명 살리는 것이지
을신세 생명을 갑신세 상품으로

굴비 엮듯 엮어놓고
'가만히 있으라' 세월호
아흐흐 대한민국까지 세월호로, 그러니
대한민국, 침몰치 않게 하는 것
이것이 바로
'세월호 특별법 수사권 기소권' 통과 요구이다

훈아, 이 특별법 쟁취가 틀린 것인가?
권력이 억지로 가로막는 게 옳은 것인가?
그 뿐이랴
화평통일은 입술로만 대박거리고
속 깊은 곳에선
분단고착이야말로 권력지속 권력안정 집권대박!
그게 아니라면 왜 5 · 24조치는 그대로 둔 채
통일대박~ 나팔부니 이건
향기없는 플라스틱 나팔꽃이나 하는 짓이지
달리 무어란 말인가?
철조망에다 남북 두 발 꽉꽉 묶어놓고
남북남북 통일대박 뛰고자 하면
이거 역시나 강시통일대박이 아니고

달리 무엇이란 말인가? 통일 줏대는 어디에?
강대국 놀음에 말려 MB때 다 잃은 지 이미 오래
화평사랑의 줏대 알대 자궁통까지 이젠
몽땅 팽개치란 말인가?

훈아,
그래도 가만히 있으라 한다
탈출공부는 지금부터다
이순신처럼
유관순처럼
이육사처럼
윤동주처럼
줏대 알키 알몸통 자궁통 중도실상 혁명운동~
탈출공부는 지금부터다

꿈꾸는
훈아,
탈출실행은 지금부터
손잡고
사람이 사람을 또 살리는 노동복지 동맹으로

사랑이 사람을 또 살리는 노력봉사 동맹으로
사람이 사랑을 또 살리는 노래시떼 동맹으로
가자,
세월호 구조 혁명은 지금부터다

우리, 우리들
천사 날개 달고 뿔난 호랑이 사자로
우리, 우리들 손잡고
새로운 큰 알로 불러들이자 가서 불러들이자
뽑아라, 귓구녕에 박은 말뚝을
들리면 어서어서 통과시켜라
'세월호 특별법 수사권 기소권을!'

훈아,
낡은 어른들이 304명의
거룩하고 거룩하고 거룩한 알생명들 다 죽였으니
그 죄씻김하는 맘으로 너희에게 주고픈 선물이
직접민주주의다
가라, 여야의원 부정부패 방탄국회
가라, 국민기만 과두정치

가라, 여야 당리당략 타협정치
오라, 국민직접민주주의여!

'국민이 없으면 나라가 없고
나라가 없으면 대통령이 없는 법'

바로
이 시대 이순신은 우리 국민들뿐이다
세우자, 국민직접민주주의를
이루자, '세월호 특별법 수사권 기소권을!'

훈아, 사람다움은 '고통 앞에 중립은 없을 때'
사랑하는 훈아
지금 대한민국은 이래야만 건질 수 있다
너희들에게 부끄럽지 않을 어른으로
대한민국 건지는 데 목숨 다 바치마
사랑하는 조국
대~한민국 건져올리자
혁명의 입구에서 망설임은 죽음을 부른다
살리자 살아서 세우자

국민직접민주주의
'세월호 특별법 수사권 기소권을!'
'해고 노동자 가족들 생존권 보장을!'
손잡고
줄곧 손잡고
자꾸 손잡고 자꾸자꾸~~~
참정치 참역사
제 3 시민혁명
국민직접민주주의
한 분도 빠짐없이 헌법 제1조 정신을 행동하는 것
수행터의 이것은 바로 이것이다 이것!
그래도 고요히 앉아 보고만 있을 것인가?
훈아,
가자
가서
이루자
고요히 주시한 채
주먹 움켜쥐고
가서 반드시 반듯하게 세우자
헌법 제1조의 깃발을~~~~~! 훈아 가자, 손잡고~

청공 김종석 문학전집 ③

사랑은 세포를 춤추게 한다

•

지은이 / 김종석
발행인 / 金영란
발행처 / 한누리미디어
디자인 / 지선숙

•

08303, 서울시 구로구 구로중앙로18길 40, 2층(구로동)
전화 / (02)379-4514, 379-4519
Fax / (02)379-4516
E-mail/hannury2003@hanmail.net

•

신고번호 / 제 25100-2016-000025호
신고년월일 / 2016. 4. 11
등록일 / 1993. 11. 4

•

초판발행일 / 2017년 7월 31일

•

•

값 16,000원

•

※잘못된 책은 바꿔드립니다.
※저자와의 협약으로 인지는 생략합니다.

•

ISBN 978-89-7969-752-0 04810
ISBN 978-89-7969-749-0 (세트)